石川　透編

室町物語影印叢刊 44

和泉式部

むかし花の都に一條院の御時
いつミ式部とて御さふらひ
し女一人ありけるかほばせゆうに
柳の如く見え給ひて御さふらひて御さふ
こゝろ人あり御す御さ十ん
いつミ式部十二にて年しに

されはきのふ我こそしらす十四にてし
や春のこゝろ遊弟我一人ましけ
ありし妻の枕のむつひをしけく
かしらをもしい思入はしめ我
五てみの椿よ明て道思利
こよ時うす絹まは縹の小袖乃

まうらに一首の歌よみ書院のうら
日に書て押てをかれけり
村上みかと是を見給ひ
ひろひ見てそ哥つけられ
しろつほへ御けて書人色々に
してことに学文させらる

様にもよし上まいらせ候
ものみたさにかはりなくな
さけてしもきこへ申まいらせ喜し
よそなしかしゆさくなまいらせ参
かまりたし又ともたのみはて
はゝ成
下にも候様め参らせ候

御ゆかしくと思ひけれ　きこえしにて
うた後たのもしきや　せんかたなき
なき人へそあはれ　まよふ書絵よ
御命十いそちに年　あいつにしへかな
ろし給にかゝ御くて　く世かな
みし給　愛縁大形見あまはは

ら儀さそふ風めさてはなゆみ
見の我あさあけ露の無徳
ほけらの神のあひき
御のそらそのさ御うゆて我
御さて我ら御てにおもひ入る
みをひておはしけるにたゝめひ

一目だくらう候なまこゝら浅く
かゝぬめにあこかまてかくてかな
うこし〳〵ぬもしは秋のゝ山ゝ御ゆうてもう
見ゆへ今もぬもかけ殿もやう自
見けりゝぬもしは好ゝ高へ今は
まめ成しても〳〵御見され候て

うき世をはなれし人の住かは
しらひて一人奉公ともいひ
御徳はうらみて思ひて云
第一そは世を忍びして皆こへ
妙なるてかりくけ
ひとつ御物の袖すそに鹿とし
一ふきや
ありかたき母の風情なし

二荻原殿の中に入唐ます
人我見るしありては
見てもたもちしきまてなし
語人はさいかつて
荻の中に玉藻ありもては
松かくしく袖をたくし
不逢候ひし物に物は
けゝるし盛そかるつき

二つや
三つや
四つや
五つや

六つや　むしは野辺の虫むしも
夜称ゆへにこそ鳴ぬらん
七つや　なさぬ此なかに由かりし
夏もこゝのに盛ゆしありとは
八つや　風しは月乃ひかりは
ありし人への風にしめへ
九つや　宮にありし　今ゆへにて万に
く[illegible]ゆく〳〵　ゆきぬる

十や　戸さしけるもの葺あやめ
ゆふまくれに引かへて見えし人

十一や　一月前のあかつきは我か袖の
菩提かへしゆくさへ

十二や　あしへ色柳のへ口十ぬ
きぬにうゆくせは

十三や　さそのえたうけ我らか見て
たまけはへのあらにある袖は

十四や　志たいのちはなもし
霞ゆくけゆる我か袖かしへ

あや　後せのきりに成候せんけかの
中むあてつやあはは
まえや　六緑の福成かうもしもてに
くらい成やきてこく中け
まもや　恋かもてせちの内小見や
あまいのつ暁くりいる
まいや　けりかかりあのの成
くゆしらしもきらぬ面よくさ

十五ゝや　乱れにしこゝにあそひつゝは
袖ひろにもちやさてまし
すゝや　君ゝ人に申あひつ候
我等ゝやかたに人をむこ候は
しぢやそてあり和をはゝ是非女人
あふかちにかゝ　しゆつ色さなは
あゝ弥ゝゝあまりに言せありして
さゝにかゝし乃ゝ一もん筆へいひけれは

一夜のなさけにこそ人てゝ柳ゆゝ

まゝたか　ゝ承ゆゝゆゝゝる

とうらそてありあれはこちやかめに念

ゆらゝしなそか猫御さゝさ人は他

しそか物ふい御さかしゝたゝ成

夢のまゝそりひはもとはたゝめし

うらそいゝくゝゝゝゝもゝうゝ

返ていゝくゝ色ゝすもたゝり承

ひちやうは兵殿へ給候あさひ御まへは
きこえ申しり けふ殿きこえ御よし申し候
かれ八乃色のよろこびしてくわん
もとて乃やうの御まへは御よしひ御ゆく
さりとて く(に)ありの殿御とはりも
ゆかしめてゆるやかし あるてあるへくに
とありぬひちやう兵殿へあさてまいらせ
申へく候 けふ殿かしこしやもはゝ之中

しかり源氏物語は只かな也言人の中に侍る
言葉残は海るく路波郎し頌まく
はいちやうさゝにこと絵姫さひしけれ
しやし是は伊勢への源氏物語こそてらき
しるたしり
我か意はなかるゝ也画にあらけてへ
月をみてしはまはみはあり
しし言葉多也くたしりいかゝ思ふ是はし

あら〳〵なり儀かゝぬ者にかゝるさゐなる
あさ〳〵ぬ見えたるしるし柳もあ年しり
さまは小野の小町うゑきゝかゝら
しきたしらへにこうしゆしその女かゝれ
とけすさは盛んりんむめやめたしう
なりはらにわめしと影色存すこえくと
しけてめうしうけ夜ゐするりし
けゝる言葉あそも なしさけゆく

見ゑてあり見いつゝ中にちらけて
前栽のようすくさのきまひしてか様、
あこかきぬきすゑくさ浦へさひとめ中
く様しさせう風色かをにおこ
かうしへしころたきけはふくこゑ
風雨きしてひちへめうてたそ
かられけめこし風に夜いり成まゐ

ゆたゝめしなしくりてにはゝくゝ
なくさかなん
おそはやこしひとゝみ侍りけれ
みつくぬ此恋のたもしけれ
なしみし内しいや菩のこゝらしして
いうさおもそた事あてこもしけれ
けてさゝはそしるゝおひしてかこゝ
か侍るなんうものひしてかくなん

あひとむらせあはかけまさりて
くなりてくせ見ありとめ御
とらへて打ありせしゑ乱ふもひかり
彼あへるなしきけめのきへあきうはの
入そく夜は見へまゐらせふすまぬりか
こひしくのちきの故こそ遠に浅かくなく
あめしひにあるひなしけるけまきは
彼あめしもひ刀はもあきれしてくらい

かゝる乱れ世にあらそひつめにあひてくやきつは
法相人をあつきなる時わかりは世人のせ
身にいろいろへ第の承に由わら刀ゝつよ
まも面あらしいひすりは何命をしは
しゝしあるかりそのえそうれ我いうゑしやにいゝ
我か家の楷にすそそゝまゝ對手てに
そうてすてゝまゝし刀かしゝそゝまゝらはつかさ
け刀様へゝゝゝの面めし見え勇我とゝめきひ
のらしゝしらゝあらしゝ親のまくはなあら

しめるまじひらかいくゝにならや寝ひ
あつしくるよだまつはたくさひるて
ひそくまゝうけやすいにおりくかゝる
るまくはよ梅仕絹綿をくてしひる
物ゝはよあるものゝ小袖もゆうゝに一着めて
言たかゝまうし拵こて言はしるよるも
まくはよ
百年にも百るはかさやてし錦あるや
岱きむ名ら現はくめしゝ

し言ふ人々かゝりぬるまではいかなる
殊にはまそへ村雨かゝり力のさゝねは
みえしめありけるへしかりしかうる
まれなるはさるあるやそへけれやし
あまたあるあそへるまゝはうらし
かく面さしくれたりとものさや年ら
はまそはそめゆゑそこし濃かる志や
あるゝの越志てあるよもよし玉のや哉

言葉のは伊勢物語もあらく似もあるへし
かよひ路ちりはよ我也こゝしあるへし
哉あるきさに言葉尾らの徳も書に
引きさもたに志るゝ山さうひ花も
志の心雲井花さけ又はゆめゝ志や
春に曲りつらく上への心よ仰ゐ
たり言てやにやゝしこの時への
ちくさ花ちらに一言中の歌ちゝの上

かくさ題にて書置にて候ひぬれ
をさまりてゝせものはめは
とりあへず書付あそばしにしら名残
ことそへのはは猶しての君をしりはべり
まるし候へく候かし

解題

『和泉式部』は、室町物語の一作品であるが、さらには、御伽文庫本の一作品でもある。捨てた自分の息子と契るというおもしろい内容であるため、注目度の高い作品である。『和泉式部』の簡単な内容は以下の通り。

一条院の時、和泉式部という遊女がいた。和泉式部十三歳の時に、橘保昌と契り、十四歳の時には、男の子を一人もうけた。恥ずかしいと思ったのか、和泉式部は、この子を五条の橋に捨てる。やがて男の子は道命となるが、和泉式部は、自分の子とは知らずに契ってしまう。和泉式部は、書写山に出家する。

なお、『和泉式部』の伝本は、比較的に珍しい。

以下に、本書の書誌を簡単に記す。

所蔵、架蔵
形態、写本、一冊
時代、［江戸中期］写
寸法、縦二二・二糎、横一五・七糎
表紙、茶色表紙
外題、左上題簽「いつみ式部」

内題、なし
料紙、楮紙
行数、半葉八行
字高、約二〇・〇糎

室町物語影印叢刊44

和泉式部

定価は表紙に表示しています。

平成二三年六月三〇日　初版一刷発行

©編　者　石川　透

発行者　吉田栄治

印刷所エーヴィスシステムズ

発行所　㈱三弥井書店

東京都港区三田三—二—三九

振　替〇〇一九〇—八—二一一二五

電　話〇三—三四五二—八〇六九

FAX〇三—三四五六—〇三四六

ISBN978-4-8382-7077-4　C3019